O VENTO CONTINUA, TODAVIA

Dez vozes da poesia contemporânea em Belém , 2020.
Kotter Editorial, 2020.

Coordenação editorial: Sálvio Nienkötter
Editor executivo: Raul K. Souza
Editora adjunta: Isadora M. Castro Custódio
Produção: Cristiane Nienkötter e Daniel Osieck
Projeto gráfico e editoração: Jussara Salazar
Fotografia: Mariano Klautau Filho

............Dados Internacionais de Catalogação na Publicação (CIP)............
Angélica Ilacqua CBR-8/7057

O vento continua, todavia-Dez vozes da poesia contemporânea em Belém /Organizaão Andreev Veiga. Curitiba: Kotter Editorial, 2020.
136 p.
ISBN: 978-65-80103-76-8

Poesia brasileira. I. Veiga, Andreev

19 - CDD: B869.1

Kotter Editorial
Rua das Cerejeiras | 194
82.7700-510 | Curitiba | Paraná
+55 (41) 3585-5161
www.kotter.com.br | contato@kotter.com.br

O VENTO CONTINUA, TODAVIA

Dez vozes da poesia contemporânea em Belém

Org. Andreev Veiga

KOTTER EDITORIAL

Felipe Cruz

14 DE JULHO. BELO HORIZONTE.
PARA EFEITO DE CURA.

Atentado terrorista em Nice.
Minha avó morta em Macapá.
Foi meu pai quem disse.
Dói.
Será que se eu voltar a acreditar em Deus,
eu posso falar com ela de novo?
Ela me criou.
O corpo já está em Belém.
Eu ainda não cheguei.
Meus pais não vão.
Estou num avião,
no céu do dia 15,
primeiro dia que eu sei
e ela não.
Retorno,
estava escrito
em uma placa
a caminho do aeroporto.
Tenho medo e fome.
Quero comer todos os almoços que ela já fez.
Ela se chamava Verônica,
mas todos a conheciam Biló.
Ela foi professora e costureira.
Criou os filhos, escalou os dias
e chutou tanta pedra.
Mas
agora ela morreu.
Qual é a ressalva?

A morte é uma ressalva.
Por quê?
Porque não entendemos, mas precisamos vivê-la.
E o morto entende porque não tem que sobreviver a ela.
Escrevo por medo.
Quantas vezes ainda vou ter que me despedir?
Ela me criou.
Falei com ela hoje de manhã,
ou ontem.
Isso também dificulta.
Ela não queria comer nada e eu queria muito que ela
comesse
porque eu gosto do mundo onde ela existe.
A ligação estava ruim e ela me disse
"Eu te amo, até dia 20, se Deus quiser".
Ela tinha 86 anos.
Era de touro, mas nem sabia.
Torcia pela Mangueira.
Quando era Copa e o Brasil jogava,
ela não conseguia ver a partida
e perambulava,
rezando.
Pariu tanto filho
e um dia,
meu pai querendo contradizê-la,
berrou
"Neca, eu estou viva!".
Me contou as histórias,
todas,
e acho que agora nunca mais consigo fingir ser criança.
Todos os vestidos dela tinham estampas de flores.
Na casa não havia espaço para jardins.
Uma vez minha mãe me disse que,

enquanto eu dormia,
ela falou
"Felipe, acorda pra eu ficar te olhando".
Estava cega.
Enterrou filhas.
Quem eu vou ser a partir de agora?
Quem ela vai ser?
É tudo tão natural.
Acho que entendo que é natural aquilo que não tem volta.
E vovó não volta mais.
Ela era muito natural.
Talvez isso signifique que
vou encontrá-la na natureza.
Não vou não.
Metáfora não serve pra nada mesmo.
Mania de sonho, coisa de humano.
Mas vovó sonhava para reencontrar seus mortos.
Será que consigo?
Quero investir toda minha inteligência nisso
que é sonhar.
Isso aqui já passou da hora de acabar.
Acho que não preciso explicar porque estou com medo de terminar.
Esse avião está sobrevoando uma região seca e muito feia;
olho, olho e não vejo sinal de água.
No meio de dizer isso pensei que
lá vou eu de novo atrás de uma metáfora.
É que a região seca e muito feita é o meu coração
e o avião é o meu olho mesmo.
Eu amo muito minha avó,
parece que tudo virou passado.
Não tenho corpo pra tanta memória.

14 DE JULHO. LE PERREAUX.
PORQUE AINDA CORRE O SANGUE.

Os franceses estouram fogos.
Há poucos dias eu passei por Nice
- lá a senhora também morreu.
Os militares armados me sitiam,
Procuram pelo terror nos olhos
que trazem na íris um caminho ultramarino.

Há dois anos minha letra não era assim calma
- a caligrafia é um sismógrafo.
O choque das placas tectônicas é subterrâneo
- o que às vezes alaga a superfície é o silêncio desse baque surdo
enquanto caminho pelas ruas quietas
e me falam da queda da Bastilha.
Dos imigrantes que nenhum nativo toca.
Do muito pouco que se ouve música na cidade
- só nos bairros distantes,
nas casas estrangeiras,
suas fundações nas outras bordas dos mares.

Vovó,
a geografia sempre nos explicou.
Os rios aqui são concreto em sua profundidade.
Correm mansos enquanto as crianças aprendem
o alfabeto que deverá dar conta de tudo o que as atravessará.
A léguas desse jardim de verão
eu sei que o rio Sumaúma,

suas vogais em ondas,
continua a ameaçar os nossos
- às vezes, levando crianças,
outras, arrastando casas;
imensas cobras rastejando,
suspensas pelas bilhões de gotas d'água –
é só em certos instantes que o rio nos acolhe,
como quando fiz sua fotografia,
a senhora olhando para dentro,
novamente tecendo o obscuro estremecimento
que faz nossa língua vibrar em frequência não prevista pelo
[alfabeto romano.
Não escrevo de um avião.
E dois anos atrás nós dormíamos ignorantes de tratar-se da
[nossa última noite
sonhando juntos nesse planeta à beira do precipício.

A senhora desapareceu no abismo.

Alguns detalhes eu já não alcanço.
O tempo passa, mas não tanto,
como dizia a Úrsula a encarar os olhos apagados de José Arcadio
ou Aureliano
- já não lembro.

Eu nunca chego a tempo de me despedir, vovó.
Sempre que a senhora morre estou a quilômetros de distância.

Os infinitos territórios da vida entre nós.

PARA GLENDA

O sol aquecia as margens do La Marne
e Glenda cintilava.

Eu ainda não conhecia a cidade estrangeira onde ela,
agora,
talvez esteja pousando uma xícara de café na mesa, de frente para a janela,
enquanto pensa no tempo que a eclodiu sobre o oceano até o presente
no tempo que vez ou outra nos coloca frente a frente, dilacerados
no tempo que faz das fotografias objetos perfurantes,
eu ainda não conhecia,
mas já havia amor pelos lugares a que ela me levaria
- uma antecipação desta certeza que aquece:
as árvores, ruas e casas por onde caminharíam os
se alojariam no meu corpo como instantes em que fui feliz.
De Glenda avisto a alegria do futuro
- a leal doçura do que está por vir.

Voo sobre o que,
na distância,
me obscurece;
coloco um pé diante do outro,
o coração no sorriso
que descobre o meu rosto,
capturo pelos olhos de uma década vivida em solidão amparada
as firmes mãos de Glenda
e dou as costas ao singular

- seguimos. Eu e ela.

Os destinos incertos,
tantas vezes terríveis,
a melodia compartilhada
que entoamos um para o outro.

"EU SOU A QUE NO MUNDO ANDA PERDIDA",

este verso emergia da lembrança de uma carta da Fábia
sempre que era dezembro,
chovia o dia todo,
preparávamos a merenda na morna luz das tardes nubladas
e minhas primas eram afetadas por meus ares oceânicos
- vagas enevoando as pupilas.

O sol tímido,
o que ardia por trás das janelas da casa de titia
eram as fotografias,
as fotografias e o medo de anoitecer.

Claro que não se pode esperar de um objeto aquilo que nos falta,
e, apesar disso, apertamos os botões nas câmeras fotográficas
e pressionamos a caneta contra o papel,
registros do que rasga os ossos,
a lacuna entre vértebras –

punha-se a mesa para restabelecer a luz da tarde,
preservar o sol na medula da família:
nossas mãos, comovidas, embalando assombrações.

VISITA

- Bom dia, dia 9.
Sim, pode entrar.
Você gostaria de algumas torradas?
O dia 8 não quis...
ele estava um pouco nervoso.
Mas eu fiz essas para você.
E também tem café, fique à vontade.

Vocês são muito calados, os dias.
Eu entendo,
é preciso que vocês nos ensinem coisas difíceis
- ninguém quer mostrar a uma criança que o fogo queima, por exemplo,
mas algum dia terá que ensinar.

Nunca mais pude reencontrar o dia 14 com a mesma distração,
mas, eu sei, era preciso haver um dia para vovó morrer.
Sim, realmente, não é nada pessoal
e nem foi o dia 14 quem escolheu.

Coma e fique bem forte,
e faça o que precisa ser feito.
Na maioria das vezes demoramos a entender o que acontece
- nem todo mundo é tão espiritualizado quanto gostaria
e nós somos mesmo um pouco estúpidos.
Mas depois entendemos, ou aceitamos,
não sei bem.

Acho que nos cansamos de lutar contra os dias.

PARA MAMÃE

Assim na cozinha
espreita a morte de cada animal encurralado,
que devoro com o cotovelo apoiado
em firmeza no jogo americano,
assim observo a fera minha
correndo com a carne,
protegendo as garras
com um pano de prato em que se lê o salmo
mexendo com fogo e água
(alquimia sem vaidade ou teoria)
- a fera só tem tempo para seguir em frente
e cuidar que eu, e
mais ninguém,
sobreviva;
em cada presa corre-lhe o sangue antigo
que a manda devorar o que me ameace.

O que me ameace?

Uma besta macia me vigia
não me olha,
analisa,
conclusão:
a água salgada primitiva
em queda livre dos seus olhos
- meu primeiro mar.

Felipe Cruz (1988), nascido no Pará e criado no Amapá, é professor e escritor. Autor de Acúmulo (Fundação Cultural do Pará, 2016), Os cegos dormem (Edições ¼, 2018) e Você nunca fez nada errado (Editora Monomito, 2019), também produz experimentações nas áreas da fotografia e audiovisual.

Marcílio Caldas Costa

FLOR PRECÁRIA

me agrada o modo como se abre
a maneira como se inscreve
como se incrustou nessa pedra
– papel a embrulhar seu crescimento –

estrela que brilha sua beleza de arestas e *nãos*
sob a sombra do desejo
de arrancar a memória em pedaços possíveis para sua floração

flor que se abre em ossos
esqueleto dos segredos
dentes caídos da boca viúva de algum beijo

grito ruminado
sal cuspido saído do fóssil mugido
do gado que pasta sua empedrada alegria

flor-não
sem aquela hospedaria de vermelhos

casa que soergueu-se do estalar dos perdidos passos
que o tapume do olvido protegeu

flor pronta para o fracasso
aberta ao sol
feito quem – contrariado – sai à rua
e protege a errática face da luz que incomoda a vista

PRÓXIMO À ESTAÇÃO TERREIRO DO PAÇO

no largo em obras
em meio ao trabalho de escavação
percebe-se nas ruínas
o contorno de uma antiga arquitetura

é possível arriscar algum cômodo:
onde fora um quarto uma provável sala ou cozinha

impossível assim aos olhos de um passante
é dizer o que realmente ruiu
até as pedras exigem um mínimo convívio
para revelarem algum segredo

continuam pacientes
parecem satisfeitas pela eficiência em durar

sobre elas a tarde continua a enredar nuvens
sugestões e nuances de luz que melhoram
as fotografias dos turistas

ao fundo o tejo continua
segue satisfeito por tornar-se aos poucos
– aos olhos daqueles que suspiram à sua margem –
uma irrevogável memória

nesta tarde próximo à estação terreiro do paço
muitos tempos coexistem
e de tantos modos inscrevem sua permanência
com pedras fotografias e outras memória
o tempo modela ruínas ao gosto de tantos passantes

Lisboa, outubro de 2016

MÚSICA PARA TIGRES

esta é outra estação, é quando os frutos
apodrecem e com eles quem os come

Mário Faustino

as mãos já foram entregues
levam também as pálpebras que há muito já não funcionam

e estão desmontando o desespero
é incrível ver como o desmontam em
pequenos módulos e o embalam cuidadosamente
[pretendem remontá-lo dar-lhe outra composição
um outro fim num ambiente mais ameno]
o mesmo desespero que com o tempo e o cinismo
se aprende a guardá-lo escondê-lo como vergonha
soterrá-lo com álcool e fumaça

esfoladas as costas
podem arrancar a carne pouca
sorver a escuridão que bebe nosso fígado

se preciso
empreitar alguns versos [nada que vá fazer falta]
– arestas sem medula –
só para garantir mais um copo

penhorar a água dessa doença

[o mundo só é possível doente
a asma me livrou de mais um dia lá fora]
sem talento para rebanho somos a vergonha
de nosso tempo
sem insígnias sem pelos sem a pele de papel
prontos para o nada
não bebemos água junto aos tigres
apenas por entre o verão e a febre avistamos:

as nuvens destroçadas
a água quase esquecida que apenas chove
– deusa recusada e sem imolações
nenhuma infância sequer lembra seu nome –
aliada ao desprezo
a noite não ilumina coisa alguma
é apenas um lugar de sono

SOBRE O VAZIO

com a falência da eternidade
o deus que regia essa casa
desce a escada

abandonado
fica ao pé da porta entre seu rebanho de luz e sombra

empoeirado
espera no pulmão da memória o sopro de alguma atenção

desempregado
resmunga insulta paredes com limo e grelado

já não nos abençoa nesse silêncio que
nos chama e o vazio que nos abriga
só a ausência agora nos pertence
–latifúndio tão certo quanto uma oração–

o que puder abraçar abrace

neve não é chuva
destino não é solução
morte não é o deserto
[é preciso muita luz pra tanto abandono]

que afeto pode abraçar a destreza dessa violência?
ser solidário com ela?
guardar sua ira contida como esses tantos rostos submersos?

talvez um rinoceronte
sua beleza de arestas
seu amor vociferando espadas e extinção
– a fronte em riste contra tudo o que não quer amá-lo

Após ver a exposição "sobre o vazio" de alberto bitar

CONTRAGOLPE

mastigas a imitação da água
o arremedo do rio
a pouca água que se empoça
água podre que se dobra

besouro vesgo em meio
a tanta merda que olho multiplica

um rebanho de bestas saúda tua saúva
lambe o mofo dos generais

mas há os cães vadios
a pulga do rato
e o mar revolto

e então toda fluidez
todo fluxo de vida buscando respirar
e eis que a terra voltará a sua água insubordinada

e voltarás – sêmen cego de larva –
ao escroto onde reinavas como
um *pedaço de tábua no mar*

AO SEU LADO

por entre esse mundo débil
farejamos eu e você o mesmo horizonte

mundo feito do oco das coisas
do soco seco na boca dos meninos
do dedo dentro da ferida das meninas
é nesse mundo que estamos
mas é sua asa que habito
e isso é o vento no rosto:
morar em você como um voo

Marcílio Caldas Costa, poeta e artista visual. É autor de celina... (Prêmio Vespasiano Ramos de poesia, APL, 2010) e depois da sede (Prêmio Dalcídio Jurandir de Literatura, poesia, 2013). Codirigiu o curta de animação Muragens – crônicas de um muro (2009). Em 2010 foi contemplado com a Bolsa FUNARTE de criação literária com o projeto de obra poética todas as ruas. Escreveu e dirigiu, em parceria com Andrei Miralha, o curta de animação Pedaços de pássaros (2017). Realizou as videoartes Cresc emos (2012), Esta ave estranha e escura (2013), A hora dos assassinos (2014). Participou de vários salões e exposições coletivas de arte. Em 2015 realizou a exposição individual "entre o rumor e o silêncio."

LAURA NOGUEIRA

PEQUENA ELEGIA PARA A NOITE EM MEU PAÍS

Do alto, considero as árvores e o rio anoitecendo ante a vertical cidade.
Pirilampos elétricos afloram da profundeza negra.
Não muito longe, meninos nus ainda brincam sob a lua crescente.
Conjugam nos ossos, nomes ouvidos da televisão.
E os pronunciam em língua fogueira morrediça.
Misturam a algum outro nome de sangue em mistério de fogo e raiz.
Velhos olham do fundo desta mesma noite entre jeans e penachos coloridos.
Olham e escutam a mata, como eu deito ouvidos e olhos aos telhados.
Nos encontramos nesse fulgor do gesto atávico de buscar a terra.
Por um instante nossa noite é maior que toda iluminação.
Minha cabeça dolente sonha um segundo que esta noite é maior
[que os países.
Que as úlceras crescentes de arma, e barbárie fundadora de todos
[os países.
Estas que sempre fecundaram de carne apodrecida os poemas em
[minha terra.
Estas que nos irmanam no silêncio canto ancestral.
Na voz imprópria de uma tribo desterrada e nua sem exílio aonde ir.

A VOZ DAS TEMPESTADES

Essa é a voz das tempestades.
É um peixe verde escuro na garganta.
Esses vultos de animais, essas sombras de onças são o sangue tangendo a fala.
Com minha língua marejo também um viaduto luzente.
Pronuncia-se luz e a cidade come aquele pedaço do céu.
Mas há a tempestade e as árvores girando no coração.
Ela traz folhagens que contam histórias:
alguns homens enlouqueceram. Outros escreveram poemas.
Aqueles pescaram e caçaram e se alimentaram de carne e esquecimento.

A dor é uma erva e viceja nos prédios.
O poema é diminuto e a tempestade imensurável.
Ela vem, talvez, das nebulosas intangíveis e das estrelas
[lavadas de silêncio.
Mas o poema é o nervo das nossas mãos, nossa pele e nossa carne.
O poema é o assombro do pó, que sou eu, que és tu.

A UM MENINO

Tudo aquilo que a nossa civilização rejeita,
pisa e mija em cima serve para a poesia.

Manoel de Barros

As costelas como duas liras.
Brotava a tosse, música rangida nos ossos.
Havia a febre, lençol laranja retorcendo a carne.
Da garganta da fome o grito de que seria pequeno e curvo.
Encolhido o corpo sobre encardidos ácaros.
Senil no rosto de menino.
A presença feito fera comendo o silêncio dos anos.
Grifando que tenho parte em toda miséria.

UM HOMEM ENLOUQUECEU

Há apenas este poema.
E do outro lado dele um homem enlouqueceu.
O sol ainda alcança com seu abraço laranja a janela.
Mas retine a loucura e suas cordas vocais de água-viva.
Há o pensamento como um tigre dentro das pedras.
Os dias fizeram sangrar um vulcão.
O homem talvez acene rubramente o lenço de uma ideia.
Talvez despeje no parapeito do amanhecer os insones olhos.
Sorria uma gargalhada de turvos cabelos desalinhados.
Cale em calma terrível alucinado.
O delírio e o sonho o erguem pela gola.
Escorrem pela têmpora, magma que a vida cospe.
Serenará o homem?
Seu caminho é andar com a aldrava das palavras na língua.
É cobrir-se com essa pele feita de veneno.
Atirar-se ao movediço de si com um navio ao pescoço.

O SIGNO ORIGINAL

Dos teus olhos aportam saudades
Enquanto palmeias um verso novo.

Teu reino é bem próximo quando tua torre é teu mundo.
Te acalentas do riso da mãe dos que não nasceram.

Só amanhã teu passo cortará a terra e sangrará a dor dos aldeamentos
Onde saquearam teu riso, estrangularam teu verbo e te violaram o abraço.

Hoje já vês gemer o código e ouves algemas nos galhos das árvores
Mas tua força ainda pode tecer a manhã sob o signo original dos sonhos
[do homem.

INDIGESTO DESENHO

O poeta segue.
A roupa de paz fere os ossos da cidade agonizante.
Continuamos maus, os homens. Permanecem ruins, os poetas de ocasião.
Há palavras ruidosas nos aniversários, nos gabinetes, na propaganda,
[nos velórios.
E aquela flor vermelha, ainda que suja, inodora, curvada sob
[as aves de rapina,
é impensável.
Há a velocidade dos carros, dos corpos, das bocas fornalhas de palavras
[fulgurantes.
Mas um arbusto imóvel, delgado, quebra a seca massa de cimento e
[ferro do edifício.
Verde bruto.
Sangra o teto mais alto, indigesto desenho do Deus no infinito.
Deslocado. Impróprio como aquela flor sanguínea.
Como o silêncio do poeta neste tempo crepitante.

Laura Nogueira é poeta, autora do livro PoemaPequeno, ganhador do Prêmio Literário da Fundação Cultural do Estado do Pará – FCP, na categoria poesia, em 2016. Em 2012, ganhou o prêmio da Academia Paraense de Letras, com a obra Porque uma Flor é Grito Matéria, ainda não publicada. Mestra em Estudos Literários pela UFPA, é professora e reside em Belém.

Luciana Brandão Carreira

Alguém

A voz gravada na máquina de guardar recados,
não a reconheci.

De quem ela era
infiltrada ao eco do meu pensamento?

Quem
nessa voz estrangeira
        (meio minha , meio alheia
        meio dentro,
        meio fora
        quase um tudo , muito o nada)
habita entre o ouvir e o falar?

Ignoro qual parte dessas duas fontes me pertence
        (as
        primordiais
        boca
        e
        orelha)
ligadas pelo espaço de um
silêncio maciço
interval*ar*
morada real do tempo da procura e do acaso.

O eco não fez reflexo no espelho.

Não vejo as mãos que assinam a autoria dessa voz
que de tão minha a minha boca articula aos meus ouvidos
a qual escuto como uma cópia dissimétrica dela mesma
forasteira voz gravada pela máquina de registros telefônicos
anônimos
na experiência sonora de uma identidade não confirmada.

Nos fios

No princípio foi a deglutição,
pois o mundo nasce pela boca.
Foi preciso engolir todos os sumos e labaredas
condensados no primeiro fio de uma voz,
isto é,
na seda de algodão da fala amada
amarrada ao leite grosso,
às seivas e selvas da flora materna.
Na chuva benta das lágrimas,
foi preciso celebrar a água,
inundar a saliva de ar
aprender a arrotar e a cuspir
entender que o esôfago e a vagina se alinham na sede
e que para surpreender o paladar
foi preciso prepará-lo,
aguçá-lo para o dia da espuma
para a hora do esperma
numa outra ceia
em que o alimento também passa pela boca,
por múltiplas bocas.
Foi preciso suportar a fervura
da incisiva marca de uma letra
em estado de ebulição,
sem embaçar os futuros olhos de lince,
soprando levemente os cílios

até fazê-los piscar freneticamente,
num ato de pura bondade.
Foi preciso engolir
a palavra marginal,
com toda a vontade de
submergir em seus equívocos,
para depois reencontrá-la
na poesia errante de algum Drummond.
Foi preciso ultrapassar a palidez da gangrena
sem vomitar,
ou engolindo o vômito,
na gangorra das (des)aparições do corpo da mãe.
Foi preciso deglutir a febre convulsiva de Artaud,
desde o princípio,
e provar do intraduzível gosto da rasura escarificada na pele
[pela escrita.
Foi preciso suportar o insuportável da escrita,
para com ele forjar um resto possível
para alguma escrita impossível.
Também foi preciso decidir não morrer.
para então beber, aos goles,
o corpo líquido da vela em sua versão mais quente,
a parafina,
junto com a catatonia da menina triste,
versão bruta da boneca de cera.
Muito mais foi preciso
até que chegássemos ao momento de agora,
quando damos uma gigante volta na roda do tempo,

certamente menor do que antes,
pois,
ultrapassado o meio do giro,
pouco sobrou da página em branco.
Foi preciso estar preparado para esse espanto,
para o ponto de exclamação desenhado na barra do teste de
[gravidez,
recebido na escassez de tempo
para a sua respectiva subversão.
Novamente, foi preciso não turvar a visão,
enquanto durassem os pés.
Foi preciso suportar o excesso,
um gole a mais do intraduzível rito,
parce que j'écris quand je crie
donc,
Il a fallu avaler l'amour toujours souscrit.
Foi preciso fiar a própria musculatura,
trançar os seus fios invisíveis,
forjá-los,
entretecer a rede de cada fibra e fímbria da panturrilha.
Mas para andar há de se ter o atrito,
por isso foi necessário também inventá-lo.
Por isso foi preciso arranhar o céu da garganta,
as bordas das cordas vocais,
para então fazer a voz avançar
na direção
sul
do corpo,

no oco do corpo,
no corpo em seu estado eólico
de sopro e harpa.
Foi preciso engolir a farpa
da madeira
do lápis
desgovernado
com o qual escrevo aqui,
com o qual eu escrevo em ti.
Com o fulgor no punho,
foi preciso manusear esse lápis,
até sermos capazes do ato de aspiração.
Pois, para que nos apropriássemos da cor,
foi preciso respirar o pólen do amarelo,
expor a íris aos girassóis extraídos
de um Van Gogh essencial.
Uma vez assim,
tornou-se possível a experiência
de todos os outros cheiros,
de todas as outras cores.
Mas também era preciso atravessar
a fauna e o reino das relíquias,
o sonoro odor da maré batendo na casa da ostra,
a arrebentação dessas outras águas em estado fundante de onda,
para então conhecermos os cetáceos e a diferença entre eles e os
[gigantes quelônios,
e também entre os anfíbios e os répteis e os batráquios.
No princípio,

foi preciso duvidar do aminoácido,
vencer o medo recrudescente, destilar o veneno das Medusas,
fazer dele o soro que dosa a vida à Vida nas línguas da cura,
extinguir o retorno de um dragão repentino,
degolando-o na certeza do amor prevalecido
diante de todos os lobisomens e homens lobotomizados.
Vivos,
aprendemos a cantar com as sereias,
a nadar com os golfinhos,
a gestar com os cavalos-marinhos.
Em vias de desaparição,
criamos um corpo capaz de engolir, falar, cuspir, sugar, perder, cantar,
[andar, ganhar,
ler e escrever,
voar, foder, sentir, suspirar, parir,
cortar e enlaçar,
escolher, chorar, gozar, tecer,
cair e levantar,
planejar e surpreender,
queimar e renascer,
amar e ser amado.
Para que então ele fosse capaz
do sobretudo:
o ato de desejar.

PESO NUVEM

Quanto vale
uma libra de carne
no mergulho extremo
do peso
no oceano dos sopros?
Qual a tara da vida,
a carga na balança,
situado ponto puro
onde ejacula a luz
nos corpos?
Marcada voz que nomeia,
estrangeira,
a atração gravitacional da Terra à carne
no laço ao espírito,
essa erótica força exercida por um corpo
sobre qualquer superfície que se oponha à sua queda,
o produto da massa multiplicado pela magnitude da aceleração
provocada pela saudade,
tal a pintura de Chagall
que abole o negro e permite
no azul o voo,
estado de brilho livre
que se compartilha a dois.

Para atirar dardos

Noite,
disseram-me que estás doente e que não dormes.
Com fitas verdes nos cabelos,
cheguei para consolar-te.
Trouxe comigo uma dúzia de dardos,
para caçarmos o sono
e atiçarmos com os nossos sorrisos
as corujas de plumagem vermelha.
Sento ao teu lado,
canto, respiro, sinto e rezo um silêncio de polir turquesas.
Um silêncio de afiar dardos, pedras e navalhas.
Um silêncio de furar pústulas turmalinas.

Noite,
tu que és feita de pedra e água,
conduz os sons graves nos ventos que sopras.
Ondula.
Bebe o mel que eu também te trouxe.
Prova do colo e absorve as plumas,
embriaga-te com o cheiro encarnado das plumas
e nas plumas te deixa permanecer.
Flutua.
Entre as tuas meninges, costura comigo o tecido do sonho.
Breve seremos.
Suspira, és efêmera, assim como eu.
Fêmea.
És fêmea e a tua cor conhece todos os sóis – sobretudo
os sóis que arpoam em teus sonhos arborescentes,

verdes como as fitas que trago em meus longos cabelos lisos.
Escuta.
A casca do ovo começa a quebrar.
A garça azul safira brota da gema *amar*ela
do núcleo do ovo,
na fenda dos teus genitais.
Escuta, santíssima Noite,
pois os teus genitais falam agora.
Eles são o ninho dos sonhos que nunca adormecem.
Eles sabem britar tristezas em pedrarias.
Cratera, sinuca, bola sete.
Alvos e dardos.
Polimento.
Noite,
disseram-me que já não estamos doentes.
Susténs o sono no ombro do teu melhor amigo.
Ressoa o mútuo canto das flechas lançadas pelos arcanjos que
[te guardam.
O som dos dardos furando o tempo elementar.

Efervesces.

Agora,
uma cama
um sono
um sonho
uma vida para dois.

ÉRAMOS

conversávamos ao redor do fogo
nós, de joelhos.

não, não foi assim.

conversávamos,
o fogo ao nosso redor
ajoelhado.

conversávamos sobre o mais real — o irreal que não nos deixa mentir
[– ou esquecer —
sobre a areia quente ao redor da madeira acesa – areia na
[palma da mão,
levada do joelho ao rosto

nadávamos.

ESCRITURA

tua mandíbula fratura a esfera
        despe
        dopa
        espalha

tubarão a engolir um cardume de lume azul
        letras deslocadas à frente pelo osso móvel da tua
cabeça fixa
        maxilar aberto
espiral o feixe onde me lanças

                                        eu, teu leitor.

Luciana Brandão Carreira é autora dos livros Entre (Verve, 2014), Os tempos da escrita na obra de Clarice Lispector – no litoral entre a literatura e a psicanálise (Cia de Freud, 2014), A letra da Água (Paka-tatu, 2017), Quinze vezes o cravo – A tradução como Ato (Lumme, 2018), Porta-voz (livro premiado na categoria Poesia, no Edital de Literatura da Fundação Cultural do Pará, em 2018), Cânticos da Clorofila – o corpo em prece (editora ¼, no prelo) e Medo (Twee editora, no prelo).

Antônio Moura

Autour de l'amour orbite tant d'étoiles

A Torre Eiffel a esta
hora
fura
o ar:
ereto falo
Por que falar
na Eiffel se
teu seio assim teso
é puro penhasco

A Eiffel vestida
de ferrugem, range longe – o Amazonas
umedecendo o púbis da floresta

Cá
Somos nós e o fôlego de sexos
abrindo as asas Circundando os mundos
o céu-oceano
Insone

Canícula

Entre torres
[estorricado]
O céu dragão

deus-demo

lasca –
chifres –
facas –
contra um muro de cal

Alfabéticas

andirobas
buritis
c
d
embuias
f
g
h i
jacarandás
l
m
n
oitis

p
q r
samaumas
tucumãs
urucuns
v
x
z
ilegíveis
lançam não sombras à beira do sem rio

desarvorado, lagarto infernal

arrasta-se a multidão

Residência

Ao pisar o jardim da casa
cuidado para não afundar

os pés até os tornozelos fincando
fundas raízes no chão, apegado ali,

estátua plantada entre flores,
não haverá como ir ao mar

quando assolado pelo verão,
nem voltar ao calor do leito

se flagelado pelo inverno
Vivemos partindo de uma morada

que se ergue em todo lugar com
telhas de nuvem e paredes de vento

Não há o que abandonar quando,
caracol inverso, levamos a casa dentro

A SOMBRA DA AUSÊNCIA

O corpo vai, a sombra fica.
Um eco sem voz que assombra

a sala, a mala sendo arrumada
para a viagem, que, dia-a-dia

se faz um pouco sem saber se
é volta ou ida – O copo quebra,

o sabor fica, a aura de um hálito
em torno à boca que se intensifica,

quando um conhecido fantasma
passa pelos terraços da memória

e evoca um nome, um aroma, uma
hora perdida entre as folhas secas

de um outono que se deteriora
conforme a mão do inverno o toca.

O céu se ensombra, o azul fica.
Em alguma dobra das pálpebras

da íris, dos cílios, sua luz habita

Yo y el Sordo

A Francisco de Goya, El Sordo
A Isadora

Não podes me escutar
Para falar contigo
basta apenas apalpar
as paredes de tua arte
e perceber que a maldade humana
descansa em qualquer tipo de barro,
que se ergue e dá alguns passos
entre a espera
e o desespero que o esboroa

Nós dois sabemos
que a borra da miséria e o cristal da estrela
residem em cada gota de tinta,
que o mar e o amor
só existem para quem não os atravessa
e que o lugar em que parecemos reinar,
o lugar em que parecemos reinar
é um território inconquistado,
um chão sobre o qual o trono e a coroa
são dados no mesmo instante
em que a trombeta e a voz de um arauto nos manda
abandoná-lo,
mal saboreamos o cheiro marinho
da Alba deitada nua na areia da praia
e vemos que o que aqui nos trouxe,

o barco há pouco ali ancorado – vês? –
já arde em chamas – queima
a pergunta do marujo se o desamparo do mar
é a única forma de voltar

ou, quem sabe, assim,
pedindo emprestado um pouco
de tuas tintas,
o sonho da razão,
o pesadelo de Freud cem anos antes,
quando as corujas piam em volta de tua cabeça,
que deita para deixar escapar
monstruos, los desastres, los caprichos, los disparates,
las pinturas negras
nas paredes que não têm ouvidos

A OUTRA VOZ

Presente em tudo e sempre oculto, serpente
verde e imóvel entre a folhagem, imagem

que não se vê nem ouve-se mas sente-se
perpassar todas as formas que armam

nosso breve arco riscado a giz de nuvem
sobre a impalpável escuridão do mundo

Enigma, da superfície ao fundo, vulto
transparente atravessando o véu do tempo,

reunindo, em sua única voz todas as vozes
do vento, céu vazio, rio sem foz e nascimento,

círculo invisível em volta de seu próprio
mistério – eterno, terreno, intocável, aéreo,

o silêncio, Deus da poesia, diz mais um dia

Antônio Moura, poeta e tradutor, tem 11 livros publicados: 8 no Brasil, sendo 5 de poesia e 3 de tradução. 3 livros no exterior: Reino Unido, Catalunha e México. O livro Rio Silêncio foi premiado na John Dryden Translation Competition, tem sido publicado em diversas revistas e antologias nacionais e internacionais, incluindo Inglaterra, Espanha, Portugal, Alemanha, França e Estados Unidos.

ROSÂNGELA DARWICH

Passava das onças aos tigres,
passava das cobras às cores das araras
e o dia era muito como as árvores.

Museu de histórias, sonhei
com os bichos de volta à floresta,
com os dias que chamamos de nossa vida.

Museu no centro da cidade
é o lugar mais úmido do mundo.

Cidade que joga sombras sobre as árvores,
quando tuas luzes se apagam
brilham os olhos dos peixes.

És um sol bondoso,
fio de água com sons ao vento
que és, morno.

És meteoros discretos,
pequenos madrugadores entre a linha do equador
e os céus já quase dia.

És uma distração do pensamento,
um belo motivo. Luas e planetas
fazem certas curvas só contigo.

Vamos acordar
à tarde
ao lado de um violão
e um copo de água
passar a limpo uma rosa vermelha.

Vamos seguir um colibri rapidamente
fazer outros planos
caso queiras começando agora.

Sei que discordarás de pássaros que só eu vejo
da água que só eu bebo
da ingenuidade da rosa.

Vamos fechar os olhos e aproveitar o vento intermitente
porque o vento consola e o vento entende
almas assim leves
transparentes.

Linhas feitas do que penso
quando tudo o que imagino se desfaz em texto,
mesmo rostos, mesmo você.

Olhos nascendo em sílabas,
manchas na manhã
átona de beijos.

Não precisamos ter medo de não sentir o amor
que nunca sentimos. Precisamos ter medo
de não sentir o amor que nunca sentimos.

Continuo esperando encontrar meus sapatos ao pé da escada,
uma rima, uma palavra,
imagens significando nada,
o momento glorioso que teria perdurado.

Continuo dançando ao som da música que não foi tocada,
construindo monstros bailarinos como eu.

Não sei onde fica a casa
e não tenho segredos além daqueles que todos temos;
não podem ser chamados de segredo.

Desprezo essas colinas imaginárias
onde te imagino estrelas.
Como dizer que não estou aqui,
desprezíveis colinas?

Estendo um mapa sobre a mesa
no mais poético sentido que consigo obter de mapas.
Em uma escala mínima, dois dedos de um deserto.

Diante das flores do tapete
inclinadas à sombra das cortinas
melhor seria contar quantos detalhes
fazem de mim o que sou
e nego quando é preciso
e nego sem qualquer motivo.

Todos os livros que não li agora se voltam contra mim.
Na tua tarde, estátua de todas as praças,
a minha tarde de sol se encaminha.

Rosângela Darwich é doutora em psicologia (UFPA), professora do programa de Pós-graduação em Comunicação, Linguagens e Cultura (PPGCLC) e do curso de Psicologia da Universidade da Amazônia (UNAMA) e psicoterapeuta. É autora de Quando Fernando VII Usava Paletó, Levasse as Coisas na Flauta (Secretaria Municipal de Educação e Cultura, Belém, 1982 e 1988) e Há horas (Ed. Ufpa, 2019). Participou das antologias VIII Antologia Poética de São José dos Campos (Fundação Cultural Cassiano Ricardo, São José dos Campos, 1993) e Poesia do Grão-Pará (Seleção e notas de Olga Savary, 2001), e das plaquetes literárias 30 poetas / 30 poemas (2015), Belém 400 anos (2016) e Impossível não te ofertar (2016), esta última em homenagem ao poeta Max Martins.

IZABELA LEAL

ACHADOS & PERDIDOS

para Elizabeth Bishop

gosto de perder o pé quando no mar
no rio num lago de água parada
gosto de perder o pé
a mão o braço a perna
gosto de perder a cabeça quando no amor
de perder a hora do almoço
de perder a conta das horas perdidas
perder a conta de água luz telefone gás
gosto de perder tempo olhando o céu
em inumeráveis noites de estrelas
me perder em divagações delírios conjecturas
perder peso perder o jogo
perder de improviso assim como quem
não quer nada
perder sem nenhuma arte
de perder
gosto de perder o fôlego quando no espanto
perder a língua que havia aprendido perder
o rumo
num bosque ou floresta escura
perder horas de sono entre fumaça e álcool
e um pouco de música
gosto de perder a vergonha quando na cachaça
de me perder por aí
na cidade
gosto de perder a chave
da vida ordinária em qualquer banco de praça
ou simplesmente quando esbarro
numa alma
perdida

PELA JANELA

divido-me agora entre duas cidades. embaralho raízes e galhos. nomes lugares afetos. muitas ruas têm o mesmo nome. os nomes são traços. escuto os nomes não reencontro os espaços. o nome da minha rua é o nome de uma praça de copacabana. o nome é familiar. às vezes penso no nome da praça de copacabana nunca penso na praça de copacabana. a luminosidade é distinta. da janela vejo uma paisagem que já considero minha. é uma espécie de traição. conheço-a em seus detalhes como se conhece o corpo de um amante. a quantidade de folhas nas árvores os tons que variam durante o ano. o barulho da rua é semelhante ao da cidade que era a minha. a cidade que era a minha também tem muitas árvores e maritacas que voam na hora da chuva. não são as mesmas árvores. as garças se alojam nas árvores pontualmente às seis da tarde. as garças são flores brancas nas árvores. na cidade que era a minha não havia garças nas árvores. contemplo o pouso das garças todos os dias. elas são minhas. elas não sabem que são minhas. amo-as incondicionalmente.

NOWHERE LAND

eu não quero habitar ela disse. o hábito faz o monge a roupa cola na pele. você se agarra ao hábito. pouco importa. a língua cria ruídos fecha passagens trança cordas. poderia ser uma morada casa estância residência. ela insistiu em não habitar tirar carteira. registros. você se apega demais ao personagem que cria. faz coisas sem querer vira escravo assume compromissos. abandonar o personagem não é mole. ele adere. insiste. gruda que nem chiclete. você até esquece os disfarces maquiagem perfumaria. automatiza. parece ficção científica assombração. filme de terror. agora é tarde pensei. ela fazia discurso pregação. exasperava. perdia facilmente a cabeça. eu permanecia tanto ou mais. não queria escapar do erro só pretendia outra forma de errar. ir embora sair por aí jogar a toalha. vagar.

INTERVALO

para Adília Lopes

aqui você encontra de tudo qualidade
e preços baixos roupas de cama mesa
& banho produtos para jardinagem são
vinte por cento de desconto em toda a
loja camisas cuecas panelas e armários
lingerie e moda praia vinte por cento
de desconto em tudo tudo tudo tudo
com opção de crédito parcelado
colchão premier solteiro cozinha
modulada plus itatiaia aqui tudo custa
menos livros de auto-ajuda revistas de
moda e alguma poesia três parcelas
sem juros e sem entrada inacreditável
produtos nacionais e importados tudo
sem acréscimos ninguém vende mais
barato você pode fazer um crediário
aqui seu dinheiro vale mais e a dona de
casa aproveita as novidades mas corra
que vai acabar as melhores ofertas
você só encontra aqui últimos dias da
liquidação aproveite não perca tempo
vá correndo sua loja sua casa

VOCAÇÃO

para Hilda Hilst

cada um vive
um vício
– vocação das vísceras –
o vício
avilta
sem sentido
físico

cada um com seu vício
pequeno
ou desmedido
vivo vício que viça
a expressão da pele
sem linhas mestras
perspectivas

cada um em seu vício
vidente
entreas esquinas
vaticina
vício noturno
em vigília
ou sob o sol
de serviço

a cada um seu vício
que vicia
e viceja
almeja
o vil que sevicia
e permanece
de vigia

ILUSÃO DE ÓPTICA

fotografa-se o terreiro uma árvore no centro
a árvore e seu tronco espesso
imensa copa com imensos galhos
folhas verdes
fotografa-se uma árvore no centro do terreiro
a mesma de todo dia
sua imensa sombra de árvore

fotografa-se uma árvore
ela se entrega inteira
surpreendida
calada
se expõe perigosamente à luz
ao olho
e sua ousadia

fotografa-se a árvore como um *voyeur*
que espia
pela fresta de uma porta
o segredo resguardado
sua *res* árvore que ela repete
          cotidianamente
incansável
entre nós há apenas luz
um segredo revelado

fotografa-se uma árvore
ali ela se mortifica
se imobiliza estampada
imagem que com ela não coincide

Izabela Leal é poeta e professora de literatura. Como poeta, recebeu o Prêmio Rio de Literatura pelo livro A intrusa (Garamond, 2016)que foi traduzido por Timur Stein e publicado na Alemanha pela Leipziger Literaturverlag [2019]. Lançou em 2018, pela edições ¼, a plaquete artesanal Retratos fora de foco para mulheres sob disfarce e tem poemas publicados em revistas e antologias no Brasil, México, Espanha e França. Ultimamente vem desenvolvendo videoartes que foram exibidas no Brasil e em Portugal, algumas em parceria com Galvanda Galvão,e recentemente realizou sua primeira exposição individual no campo das artes visuais intitulada M.A.S. Vida papel na Galeria Theodoro Braga (Belém, 2019).

Fernando Maroja Silveira

O cisne de Harar

Para Arthur Rimbaud

Filho do sol,
suturadas são as chagas no caminho reto
das linhas do papel,
mas as tuas se enrolaram na teia da aranha
e se cortaram no arame farpado,
onde a veia se abre para os sabres
e os braços para a cruz.

Tu eras a Lolita de Verlaine e a lótus no deserto,
de pernas e pétalas abertas,
do ventre amigo ao vento de areia,
entre o espinho dos cactos e o arame farpado,
em que as linhas do papel assinalam
o caminho reto para a poesia.

Mas era hora de fechar os livros para sempre,
se havia apenas mofo e teias de aranha,
quando as linhas eram serpentes no papel
e Paris parecia tua cadeia
nas ferragens e no fel da Torre Eiffel.

Ó cisne de Harar,
era tempo de escolher a vida contra a arte
e ser o descrente que ama a luz,

a viver na cruz dos ateus.
Era tempo de buscar o deserto,
onde Atlas abriu a mão e o mundo caiu no infinito,
para se tornar infindável na areia.
Ó filho do sol,
chegará a hora do teu pai voltar à Cidade Luz
e revelar quem ilumina o mundo.
Teu pai derreterá as ferragens da Torre Fel
e libertará a vida.

Ponte Mirabeau

Para Paul Celan

Senhor no fim do horizonte,
estamos nos dois extremos da ponte
e vago na tua direção,
mas jamais chegarei ao teu lado,
se a diáspora é uma travessia sem fim,
na eterna marcha do Rio Sena
em busca da morada.

Apenas o curso do rio vai unir
tudo que o vento dispersa e a guerra destrói
nas trincheiras de areia e teias de aranha.
Apenas as legiões do rio marcham
no tempo da métrica
e na hora do sempre e do nunca mais,
alcançando o eterno florescer.

Ó senhor,
o curso do rio é uma lagarta que rasteja
dentro da métrica e fora do tempo,
chegando mais longe que o soldado
a rastejar no front da guerra.

Ó senhor,
olho para o curso do rio e vejo,

além da minha imagem no espelho,
as botas do meu pai
e os cigarros da minha avó,
a garrafa de vinho que meu tio bebia
e levava debaixo do braço,
como se fosse o gato de estimação.

Vejo a correnteza levar os restos do caderno
que eu usava na escola.
Vejo a infância em Czernowitz
e o pente que arrumava o cabelo da minha mãe.

Senhor,
vejo no curso do rio toda a minha família,
vagando em busca da terra prometida.
Eu saltarei dessa ponte
e abraçarei e beijarei todos eles.

Placebo

Para Lucas

A escuridão é placebo, irmão,
tudo está invisível mas continua vivo,
no subúrbio da noite.

Não há cura, irmão,
a canção embala a madrugada
e penetra na pele,
mas ela é apenas uma seringa vazia.
Continuaremos vivos,
esbarrando nas esculturas
que invadiram as ruas.

Nada temos da noite, irmão,
além da morfina do vento
que sopra na pele,
mas ela é um remédio
que somente escurece as feridas.

Segue em frente, irmão,
o passado é o espelho da nossa vida
e ele te salvará os olhos
quando o sol aparecer no céu
e olhares para trás,
em busca da paz
que jaz no leito da morte.

Vai pra tua casa, irmão,
a noite se esfarela e seus pedaços serão vendidos
dentro da seringa,
na esquina dos viciados.

A luz fracassou, irmão,
no céu e na história,
mas ela voltará a brilhar e a galopar
no cavalo branco de Napoleão,
para manter os morcegos da alma
na caverna do corpo.

Raskólnikov, irmão,
será para sempre o nosso herói,
após descer do cavalo
e se juntar aos culpados
que não fazem a história.

Vai, irmão,
nada somos além de almas
desintegradas em morcegos
que voam pela noite,
mas é hora de voltar para a caverna.
O sol é a sirene da polícia
rompendo o horizonte,
e nós voltaremos para trás das grades.

Rio de Janeiro, 08 de setembro de 2015.

Tu eras estrela

Abre a mão e vê nos teus dedos
as cinco pontas da estrela que tu eras,
antes de seres areia livre,
na ventania que voa no deserto.

Vê na palma da tua mão
as marcas do muro que escalavas,
para seres estrela sobre a mão do céu.

Mas o céu também é mão.
Seus dedos são as grades do cárcere
onde as estrelas são presas,
mas um dia tu fugiste, para ser areia.

Ferentari I

Os pregos enferrujaram e Cristo fugiu da cruz,
a correr de capuz no deserto.

Mas nós encontramos os pregos
e criamos agulhas para os braços abertos,
a tocarem nos extremos do mundo.

Os costureiros de Ferentari dizem
que a pele do homem se tornou o sudário do mundo,
quando agulhas fiam e desfiam
e a vida está por um fio,
esperando Ulisses voltar, para a sua Ítaca.

Ferentari II

No mundo ateu,
Ferentari é o Coliseu da batalha
entre os braços abertos
e os novos pregos da cruz.

Os novos pregos da cruz são agulhas
na seringa contra o ser.

No mundo sem Homero e sua guerra de Tróia,
há uma só batalha, uma solitária luta,
entre a seringa e o ser.

Budapeste, 25 de outubro de 2018.

Fernando Maroja Silveira nasceu em Belém do Pará. Escreveu os livros Cinzas (Editora Paka Tatu, 2015) e O escravo do vazio (Editora Penalux, 2017). Publicou poemas em diversas revistas literárias nacionais, dentre as quais Zunai, Subversa, Mallarmargens e Gueto.

Ney Ferraz Paiva

QUALÉ MACALÉ?

Ao fundo, alternam-se músicas de Jackson do Pandeiro e de Luiz Gonzaga

Enterrei o que aconteceu
Quando erro não volto atrás
Deixo errado vou em frente
Posso estar só enganado
Não recrudesço nem fico
Fora do próprio tempo
Macalé me disse umas
Como se eu fosse o almoço
De alguém e a arte simples
Item alimentar
Para um público que sobrevive
Com apenas uma refeição
por dia
Qualé Macalé?
Vi e mostrei
O que ninguém mais via
Violei regras concebíveis
E inconcebíveis
Já fui ao nordeste
Já fui a Belém do Pará

Subi o morro sambei
Sei me abrir como uma lata de sardinha
Exatamente no país em que crianças brincam de fazer o jantar
Qualé Macalé?
Se a linha da fronteira se rompeu
Fui eu quem a implodiu
E não foi indo de casa em casa mendigar
O pão e o circo das elites
Sempre tão pouco pra alimentar a vida-
morte a morte em vida
Qualé Macalé?
Cantar com ajuda de intérprete
Cenas e jogos de linguagens
Não o faça
Cada ligeiro embaralhamento da voz
Muda a poesia o contexto
Mudanças só as sísmicas, eu disse
a você
A vanguarda não é só carioca
Onde as cartas marítmas indicam
Ilhas dispersas
O continente submerso se unifica
As diferentes florações comunistas
Estudantes protestando
pelas Cidades do país
Têm a ver comigo
Têm a ver com você

Martin Luther King assassinado
A primavera de Praga abala a Tchecoslováquia
Ativistas anti-Vietnã se mobilizando fora da Casa
Branca Jovens se revoltando em toda a França
Levanta a mão se você está fora dessa
Qualé Macalé?
O gradativo crescimento
de uma nova objetividade
Em escala sensorial
Que o público apalpe as
bolsas plásticas de Lygia
Fora a arte espúria
Apoteose vapor barato
Quem ousará enfrentar
O surrealismo brasileiro?
Você sabe, acredito em você

DIGA-SE ENTRE PARÊNTESES

(lembro-me de ter sido convidado
por um grupo de artistas de circo
a me deixar enforcar pelo elefante
faminto no centro do picadeiro)

(sem ensaio truque combinação
seria o número principal da noite
alguém anunciou pelo alto-falante
a coragem de fazer o que não sabia)

(você se dobrou de rir do meu medo
não tive como não decepcionar falhar
terminantemente opostos os destinos
do elefante e do poeta no picadeiro)

CORTAR COISAS

poema é cama para transportar alguém ferido ou morto
sei bem disso Senhora Bondade
sei bem disso Senhora Consolação
arte pode ser velha e ter algo de extrema violência e revolta
arte pode ser nova e ser na verdade um caixão
Senhora Beleza Engessada voz desagradável de mulher à
beira da morte
rogai pela carne crua da noite quebrai meus ossos ao
amanhecer

Anti-receita

rara é o palavro
raso o armadilho
rala é o pálpebro
roto o maravilho

Palavra é crueldade

Ó vida triste vida
Se eu casasse com a filha
Da minha lavadeira
Dava na mesma

ó tu, fatal emblema de nossa alegria!
[*stéphane mallarmé*]

anjo cego da expiação
ele estava esperando
em silêncio esperando
entregava-se ao que criava
um livro sem título
o dorso amargo de uma fruta
em que se via o mastro
eriçadas palavras talvez sem rumo
provocadas a entrar na nave
[no livro
não mais de ferro vestido
nem de eternos pergaminhos
mas construído no ar
para a viagem do mito & o mistério dos horizontes
folhas de bizarra flor negra
expostas a uma tempestade que se multiplica na memória
prorrogada até a última noite
a um limiar interdito
o fim a fenda o nada
última voz seguida ainda de uma outra
o verbo dissolve todos os elos
o abismo o verso a ravina

açoitados pelo vento
borboletas ziguezagueando no alto
                                        tuas palavras aéreas
minúsculos demônios vermelhos
avançando crescendo
                                  movendo-se
com a precisão dos planetas
                                       & depois
quebrando-se
               perdidos & abismados fragmentos
emissários alados da morte

NEY FERRAZ PAIVA É POETA E ARTISTA VISUAL. AUTOR DOS LIVROS: NÃO ERA SUICÍDIO SOBRE A RELVA (PRÊMIO LITERÁRIO CIDADE DO RECIFE, 2000), NAVE DO NADA (PRÊMIO LITERÁRIO CIDADE DO RECIFE, 2004), ARRASTAR UM LANDAU DEBAIXO D'ÁGUA (EDITORA PATUÁ, 2015), O DESASTRE TOMA CONTA DE TUDO (PRÊMIO CIDADE DE BELO HORIZONTE, 2016). AUTOR DAS PLAQUETES: EU QUERIA ESTAR COM VOCÊS HOJE (BELÉM, EDITORA ESCRIBA, 2012), POEMAS PARA MAX MARTINS (PARA LER DEPOIS DA CHUVA) (BELÉM, EDITORA ESCRIBA, 2014 E EDIÇÕES ¼, 2017).

Andreev Veiga

O LAVADOR DE PRATOS

a aurora se desfaz com o café
que desce forçadamente à garganta
e não há sensibilidade para que se perceba
a família que ainda dorme

caminha pelo centro comercial e vê nas vitrines
os tijolos que até pouco tempo atrás
não o deixaram sonhar
chega no horário marcado
veste-se com o branco engordurado
com fissuras provocadas pelo uso constante
o branco que em breve
facilmente confundirá com seu rosto

a conversa no trabalho gira em torno de crimes e
relações amorosas em palavras de calão
uma mulher esfaqueada na mesa de um bar
ou um homem assassinado na entrada de um motel

é um porão de navio
e faz com que o pouco que resta de si
escorra pelas fissuras agora cavadas em seu rosto

dez anos para envelhecer
sobre o pensamento vagante no prato vazio
ou com sobras de alimento

desejos
frustrações
farofa que soprou da boca
solidão
- esse babugem vai pelo ralo
e junto vão-se estes sentimentos e os olhos do proletário
fazendo com que a pia entupa para o próximo na escala

antes do pôr do sol
deixará o centro comercial pensando em álcool
e na possibilidade de mudar de vida

em casa
preencherá o buraco deixado no telhado
para que a lua – que nunca existiu
não veja o corpo-presente
jogado na cama para o destino

UM LEGADO QUE NÃO VERÁS NUNCA MAIS

ao meu pai

você
que foi embora sem pagar um almoço
não o chamo de canalha
naturalmente com o que tinhas
mal valeria a um mendigo sua graça

você
que teve a sorte de não ter-me por perto
precisou de ânimo por não ter sido lembrado por mim
por motivos banais ou impressos nas garrafas vazias

você
que por noites combateu as dores na garganta
é agora presente incrédulo que floresce em mim
pede-me para voltar e despeço-me
no final dessa rua numa longa viagem

você
que nunca veio me visitar
e não deixou o verão se prolongar para que eu fosse até a porta
teve dias para se preocupar onde iria dormir depois das perdas materiais

você
que nunca me esnobou
e não teve profissão que lhe rendesse ficar

como os outros que caminham pelos mercados
foi encoberto pelo desconforto dos abraços que lhe amaram

você
e outros além de você
que tiveram que engolir toda a merda sem lambuzar a camisa emprestada
que sem falar foi contestado por ser um legítimo idiota
que por vezes teve a bondade de ser o erro de uns para apenas ser gentil

você
que por vezes só quis estar sozinho
e sozinho ficou até o último dia de sua vida
testemunhou o fogo que impulsiona no homem as palavras
e no homem deixou um legado que não verás nunca mais

NO BANCO TRASEIRO DA VIDA

é hora de arrancar o coração do peito
vomitar o amor e beber o descaso que se prolifera
no campo vazio da derrota
evacuar o contingente de bestas amarelas
e minar com sangue o ouro que brilha nos olhos do inimigo

nossa luta já não escreve manifestos
é variante do português a galgar os esgotos
em marcha
aos gritos
a canção da vida e da morte

agora somos um menino que nunca chorou
cujo calcanhar ganha serpentes que dobram o tempo
e tomam as paredes da escuridão com seus tentáculos
nos tirando para dançar

estamos no banco traseiro da vida
perdendo a carne podre entre os dentes
que o vento
do primeiro incêndio da resistência – limpou
sem deixar a memória dos infames sair do matadouro

deixaremos o cheiro dos caninos para trás
e faremos amor com nossas mulheres
sobre o pretexto de fazer amor
nos permitir convalescer em sorrisos

ao lembrar as cinzas e o sol
que nos condena igualmente a pensar

porque não dormimos sobre o comando de acordar
celebramos a noite
como lobos vermelhos que descem as montanhas
no lugar das pedras
para construir no abismo das massas pobres
uma jaula acorrentada na história
sem nada a levar
que não seja dito em total potência pelos cantos: não

e ainda que a morte seja conhecida
como a resposta para todo o silêncio do homem
deixará no espaço vazio aberto pelo coração
um coveiro – nobre
com as mãos em punho
contra a sina da guerra
que jamais enterramos

O 6º ANDAR

a recepcionista se mostra satisfeita
que bom que ela saiu do CTI
eu finjo uma gratidão e lembro o trecho de um poema de mallarmé
um lance de dados jamais abolirá o acaso
isso faz a fumaça do cigarro pesar
e afundar um navio em poucos segundos

entro no elevador
vou para o 6 andar apartamento 606
a viagem é interrompida por um problema técnico
paramos entre um andar e outro
eu e o elevador
e diferente de john malkovich
não há um portal
apenas a labirintite à esquerda
à direita
a porta trancada

passo pelo corredor e vejo pessoas chorando
uma porta aberta. uma senhora pelada no leito sendo higienizada
certo dia uma enorme podridão saiu de uma das enfermarias
e tomou conta do 6 andar
andar detestável
dizem que é o andar onde a esperança é acelerar
com toda a força contra um muro
e esperar para ver o que acontece depois

a família cresce e diminui
já carreguei muita gente doente
alguns tenho certeza de que já partiram
mas cada rosto fica para sempre
como se estivessem todos em uma praia
sempre ao chegar da noite
onde a vida pede passagem
e cada tumor é uma estrela encoberta por uma nuvem

chego no 606. lavo as mãos. passo álcool. calço as luvas
esse é o procedimento para que eu possa tocá-la
e apesar de sua memória já não ajudar
conversamos um pouco
mas passamos a maior parte em silêncio

e eu não sei o que passa em sua cabeça
mas na minha sei que pode alcançar todas as docas
só o lugar que encurtou

REINVENTANDO A MORTE

enquanto o sulco
derramava-se pela última vez
deixando escorrer o enxofre pela casa
o armário era esvaziado
desencontrava-se com o vazio
em seu próprio semblante
enquanto o leito confundia-se ao espírito
e a oração inebriava a madrugada
com seu luto
mais um café era servido
e sem a intenção
de reinventar a vida
          – com tantos outros assuntos –

a morte era esquecida

CARTA DE CAMILLE CLAUDEL A AUGUSTE RODIN

depois
passados anos num manicômio
a bosta continua fria como o barro
como o coração e a escória, rodin

as tripas que não quis arrancar
este legado de dor
palpável nas cerimônias onde não estavas
e onde minha febre
feria os puros de ignorância, rodin

continua nas entranhas daquela paris
talvez ainda o carregue para casa
        esculpi-lo em ódio   quebrar tua cabeça
talvez eu esteja doente
como todos dizem
(de vários modos – talvez)
mas só a própria voz é realmente verdadeira para condenar
e se vou calada, rodin
é porque morrera em cada obra que fiz

depois
passados trinta anos num manicômio
resolvi fazer parte do barro que continuava frio
e não da bosta que foi o amor

Andreev Veiga, poeta. Autor de diálogonuvem (FCP, 2016) e O mergulho do afogado (Kotter Editorial, 2019).

Outros ventos, tanta poesia

Tarso de Melo

Um livro fundamental – é o que tenho repetido desde o primeiro contato com os originais da antologia *O vento continua, todavia*, que apresenta dez vozes da poesia contemporânea brasileira a partir de Belém do Pará: Andreev Veiga (1981), Antônio Moura (1963), Felipe Cruz (1988), Fernando Maroja Silveira (1981), Izabela Leal (1969), Laura Nogueira (1981), Luciana Brandão Carreira (1973), Marcílio Caldas Costa (1976), Ney Ferraz Paiva (1962) e Rosângela Darwich (1962).

São várias as razões para se empolgar com este livro. Primeira delas, a força de cada um dos poemas aqui reunidos. Segunda, o fato de que tais vozes representem um potente encontro de gerações que vai muito além de qualquer coincidência geográfica. Terceira, a forma como, ao nos convocar para ouvir o que os poetas escrevem em Belém neste momento, não apenas desloca nossa atenção, mas também revela, por outros caminhos, a força que a poesia tem, no Brasil de 2019, para lançar ao ar – ao vento que continua, todavia – tantas vozes antes sufocadas. Quarta, porque nos dá a esperança de que, seguindo o exemplo desta antologia, outras possam surgir, colocando em evidência mais vozes urgentes da poesia espalhadas pelo Brasil.

E outras razões poderiam ser elencadas aqui, mas não será necessário porque o leitor que atravessar *O vento continua, todavia*, ou mesmo aquele que abrir qualquer de suas páginas, logo terá suas próprias razões para ficar por perto deste livro. A escolha de poetas e poemas aqui atinge o que de melhor uma antologia pode aspirar: ser, antes de qualquer coisa, um belo livro de poemas escrito a muitas mãos, a muitas vozes; despertar nos leitores o desejo de buscar a obra dos poetas da antologia e, também, sair da antologia para visitar o manancial de que tais poetas saíram.

Os dez poetas que integram esta antologia têm muitos traços em comum. O principal deles, sem dúvida, é a forma como articulam, em seus versos, a visão crítica, tantas vezes ríspida, ante a realidade e o voo largo e forte de suas imagens. Há, também, os infinitos ruídos do nosso tempo cruzando as páginas do livro, que não raro estendem outras pontes entre os diferentes poetas, pontes tão claras que, ao leitor distraído (e mesmo ao nem tão distraído assim), darão a oportunidade de construir, em sua sensibilidade, uma outra antologia com os poemas aqui publicados.

Entretanto, da mesma forma como se aproximam, os poetas também se afastam, recolhem-se aos seus acervos, aos seus jardins personalíssimos, que vamos aos poucos distinguindo na mostra que a antologia oferece da poesia de cada autor (das viagens em que seus corpos e memórias embarcam às leituras que os constituem, das palavras que lhes são íntimas ao manejo peculiar dos versos, dos risos, das lágrimas).

Se a reunião desses poetas, com um pouco (muito!) da poesia de seus livros individuais, funciona, por assim dizer, como entrada para o universo mais vasto e, claro, necessário, inescapável para quem quer ouvir mais dessas e de outras vozes em Belém, nem por isso o leitor deixará de reconhecer aqui *a paisagem completa/complexa* que a brisa-brasa dos poetas cruza, apresenta e constitui.

O vento continuar, todavia envolve o leitor em suas ondas. E assim podemos ir de um poeta que diz "Acho que nos cansamos de lutar contra os dias" (Felipe Cruz) a outro que declara: "por entre esse mundo débil/ farejamos eu e você o mesmo horizonte" (Marcílio Caldas Costa).

De uma poeta que percebe que algo (tal a flor no asfalto de Drummond? ou o cacto monumental de Bandeira?) resiste – "a velocidade dos carros, dos corpos, das bocas fornalhas de palavras fulgurantes./ Mas um arbusto imóvel, delgado, quebra a seca massa de cimento e ferro do edifício" (Laura Nogueira) – a outra que registra o deslocamento do corpo e seus afetos: "divido-me agora entre duas cidades. embaralho raízes e galhos. nomes lugares afetos. [...] na cidade que era a minha não havia garças nas árvores. contemplo o pouso das garças todos os dias. elas são minhas. elas não sabem que são minhas. amo-as incondicionalmente" (Izabela Leal).

De um poeta que leva a casa nas costas – "Vivemos partindo de uma morada// que se ergue em todo lugar com/ telhas de nuvem e paredes de vento// Não há o que abandonar quando,/ caracol inverso, levamos a casa dentro" (Antônio Moura) – a outro que tenta voltar: "antes do pôr do sol/ deixará o centro comercial pensando em álcool/ e na possibilidade de mudar de vida" (Andreev Veiga).

De uma poeta que se dilacera diante do poema – "Não vejo as mãos que assinam a autoria dessa voz" (Luciana Brandão Carreira) – a outra que é dilacerada: "Todos os livros que não li agora se voltam contra mim./ Na tua tarde, estátua de todas as praças,/ a minha tarde de sol se encaminha" (Rosângela Darwich).

De um poeta que ouve a "última voz seguida ainda de uma outra/ o verbo dissolve todos os elos/ o abismo o verso a ravina/ açoitados pelo vento" (Ney Ferraz Paiva) a outro que sentencia: "A escuridão é placebo, irmão,/ tudo está invisível mas continua vivo,/ no subúrbio da noite" (Fernando Maroja Silveira).

Não pude esquecer, enquanto lia esta antologia, que uma das vozes mais impressionantes da poesia brasileira do século XX veio justamente de Belém: Max Martins. Poeta da minha predileção, devo dizer que a obra de Max (como a de Age de Carvalho e o pensamento de Benedito Nunes, exemplares) sempre me fez – e faz – ter os olhos e os ouvidos bem atentos às vozes em Belém, ao que acontece nos vastíssimos arredores de sua cabana – acima do tempo – na praia de Marahu.

Muitas vezes consegui ouvir Max arrastando lentamente suas sandálias de monge entre um e outro verso dos poetas reunidos nesta antologia, creio que todos leitores de Max também. Mas o que mais ardia na memória era uma frase dele sobre a relação entre sua poesia e o lugar em que sempre viveu: "Uma vez me perguntaram por que eu não escrevia poemas sobre a Amazônia como natural daqui: respondi que a Amazônia é que de um modo qualquer me escrevia" (entrevista a Elias Ribeiro Pinto, no jornal *A Província do Pará*, em 1990). Impossível não imaginar que as vozes reunidas nesta antologia são a continuação dessa escrita, a continuação do que a Amazônia escreveu em Max, por meio dele, e agora segue escrevendo num outro tempo, noutros corpos, diante de um horizonte que se transforma.

E aí, então, cabe um elogio final à justeza do título escolhido para reunir esses dez poetas: *O vento continua, todavia* vem da expressão de Victor Hugo, em *Os miseráveis* (1862), celebrizada também por uma carta de Van Gogh a seu irmão Theo, em setembro de 1884. Diz Hugo: "*Le moulin n'y est plus, mais le vent y est encore*" ("O moinho já não existe; o vento continua, todavia"). Num livro que também retira daí seu título, O vento e o moinho (2007), o crítico de arte Rodrigo Naves afirma:

> [...] a relação estabelecida entre o vento e o moinho diria respeito à capacidade humana de tirar proveito de forças ou elementos naturais por meio de um ardil, pela criação de formas que os pusessem a funcionar sob desígnios humanos. Por certo, Van Gogh procurou dar a essa relação um alcance maior, pensando-a como algo existente também nas interações sociais. Nem todas as insatisfações ou interesses de diferentes camadas da população alcançam uma configuração clara – a capacidade de tornar-se um movimento, uma palavra de ordem – e, como o vento, podem soprar de muitas maneiras, em direções diversas e, assim, estiolar-se pela ausência de formas (o moinho) que lhes confiram maior contundência.

As conclusões e os interesses do crítico seguem para outros caminhos, mas é importante reter aqui essa ideia: a poesia, a seu modo, busca encontrar – e ser – a forma que aproveita e dá contundência a esse *vento que continua, todavia*. Para nossa sorte, os poemas reunidos nesta antologia são a comprovação dessa ideia e fazem ouvir o que de mais contundente podem dizer as tantas vozes da poesia brasileira atual. Não lhes falta engenho e força. E ninguém deve ficar indiferente ao seu sopro.

O VENTO CONTINUA,
TODAVIA

ESTE LIVRO FOI COMPOSTO EM TIPOS ORATO E WALBAUM E IMPRESSO EM FEVEREIRO DE 2020 PELA KOTTER EDITORIAL EM CURITIBA.